A todos los lectores que le han abierto su corazón a Mercy.

K. D.

Para que Sylvie le lea a Oliver.

C. V.

Originally published in English under the title:

A Piglet Named Mercy

Text copyright © 2019 by Kate DiCamillo
Illustrations copyright © 2019 by Chris Van Dusen
Spanish translation copyright © 2019 by Ana Galán

This edition is published by arrangement with Walker Books Ltd.

For permission regarding this edition, write to Lectorum Publications, Inc.,

205 Chubb Avenue, Lyndhurst, NJ 07071

Printed in China
ISBN: 978-1-63245-699-1
10 9 8 7 6 5 4 3 2 1

Una cerdita llamada Mercy

Kate DiCamillo

ilustrado por

Chris Van Dusen

LECTORUM
PUBLICATIONS, INC.

El Sr. Watson y la Sra. Watson vivían en una casa en la avenida Deckawoo.

La avenida Deckawoo era una calle normal y corriente, en un pueblo normal y corriente.

Y el Sr. y la Sra. Watson eran personas normales
y corrientes que hacían cosas normales y corrientes
de maneras normales y corrientes.

Un día, la Sra. Watson le dijo al Sr. Watson:

—A lo mejor somos un poquito demasiado predecibles.

—¿Predecibles? ¿Nosotros? —dijo el Sr. Watson—. Para nada.

—Es que a veces me gustaría que sucediera algo diferente —dijo la Sra. Watson.

—Las cosas están bien como están —dijo el Sr. Watson.

Y entonces, sucedió algo.

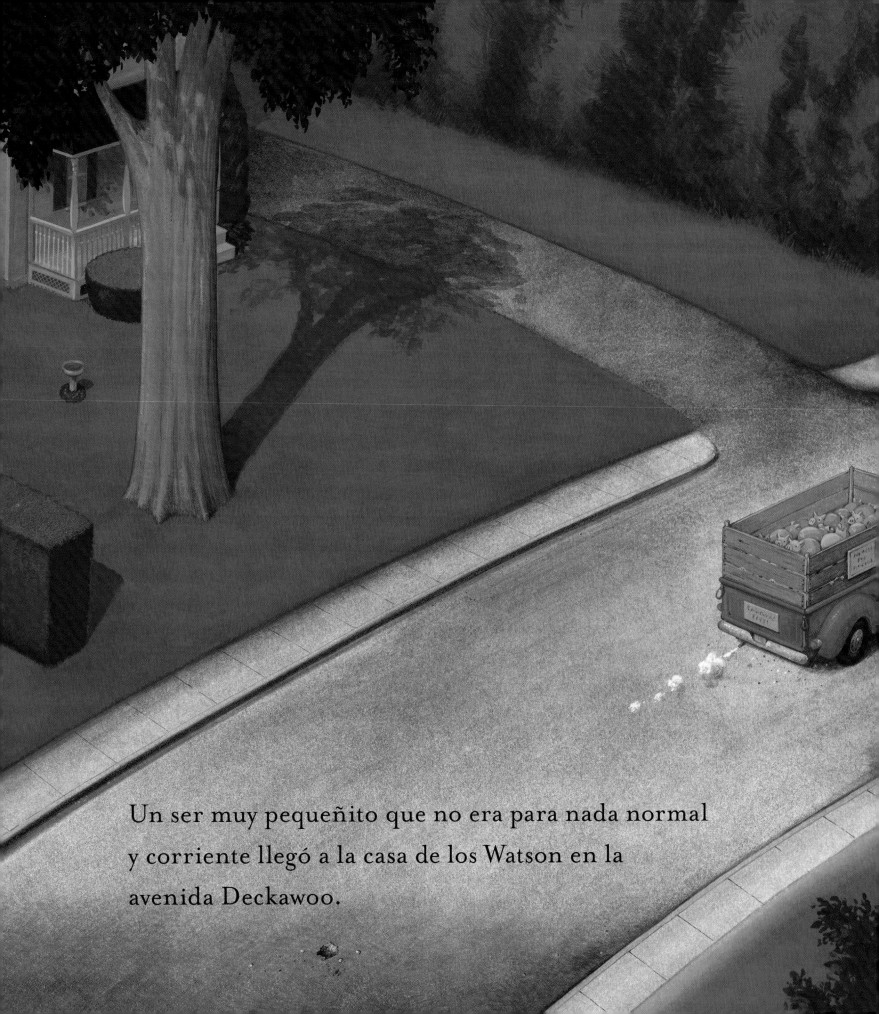

Un ser muy pequeñito que no era para nada normal
y corriente llegó a la casa de los Watson en la
avenida Deckawoo.

El Sr. Watson lo descubrió al abrir la puerta cuando se disponía a recoger el periódico por la mañana.

—¡Sra. Watson! —llamó—. ¡Ven a ver esto!

—Ay, qué cosita más dulce y tierna —dijo la Sra. Watson.

—Oink —dijo la cerdita.

—Creo que tiene hambre —dijo el Sr. Watson.

—¿Es eso un cerdo? —dijo Eugenia Lincoln.

Eugenia Lincoln vivía en la casa de al lado y no le gustaban
las sorpresas. Ni los cerdos.

—¡Sí! —dijo la Sra. Watson—. Qué suerte la nuestra, ¿no?

—No seas ridícula —dijo Eugenia Lincoln—. Los cerdos no
dan suerte.

—¿Crees que a la cerdita le gustaría tomar un biberón de leche caliente? —dijo Beba Lincoln.

Beba era la hermana menor de Eugenia, y a ella sí le encantaban las sorpresas. Y los cerditos.

El Sr. Watson se rascó la cabeza.

—¿Un biberón de leche? No sé... Todo esto es tan impredecible.

—Yo me encargo —dijo Beba Lincoln.

—¡Oink! —volvió a decir la cerdita.

La Sra. Watson tomó a la cerdita
en sus brazos y se la llevó a su casa.
La envolvió en una manta.

—¿Alguna vez habías visto algo
tan dulce y tierno? —dijo.

—No, nunca —dijo el Sr. Watson.

—Aquí está la leche caliente —dijo Beba
Lincoln—. Ya está lista.

—Esto es absurdo —dijo Eugenia.

A la cerdita no le pareció absurdo
para nada. Se bebió todo el biberón.

Y después eructó.

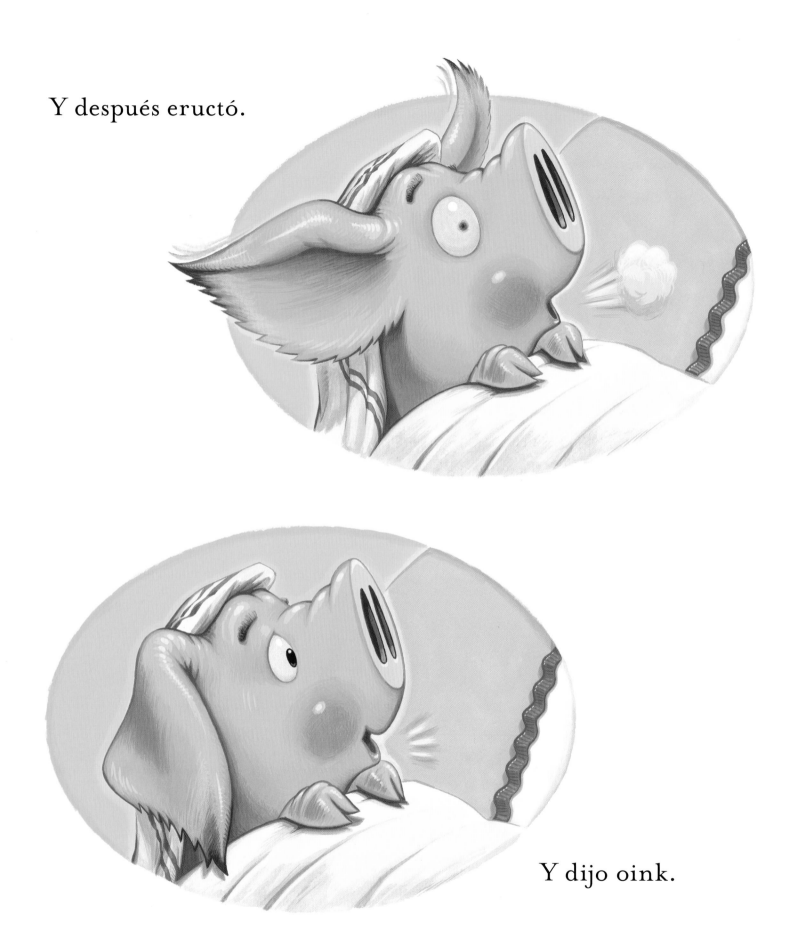

Y dijo oink.

Y salió a buscar más comida.

—¡Ay, mira! —dijo el Sr. Watson.

—¡Cuidado! —dijo Eugenia.

—¡Le encantan las tostadas! —dijo Beba.

—Ay, qué cosita más dulce y tierna —dijo la Sra. Watson.

—Sr. Watson —dijo la Sra. Watson—,
¿podrías tomarla en brazos un ratito?

—Sí, claro —dijo el Sr. Watson.

Tomó a la cerdita en sus brazos.

La meció.

Canturreó.

—Es extraordinaria —dijo el Sr. Watson—.
Es una maravilla porcina.

—Esta cerdita es un sueño hecho
realidad —dijo la Sra. Watson.

—Es una merced increíble —dijo Beba.

—Eso es —dijo el Sr. Watson—.
La llamaremos Mercy, que quiere
decir merced en inglés.

—No es ninguna merced —dijo
Eugenia—. Es una cerdita.

—Oink, oink —dijo la cerdita.

—¡No puedes llamar Mercy a una
cerdita! —gritó Eugenia.

Pero la llamaron Mercy.

Mercy era completamente impredecible.

No era para nada normal y corriente.

Y la quisieron muchísimo.